W9-COL-441

¡Chucho!

Ángeles Jiménez
Pablo Prestifilippo

¡Chucho!

La historia del perro que vino a salvar el universo

everest

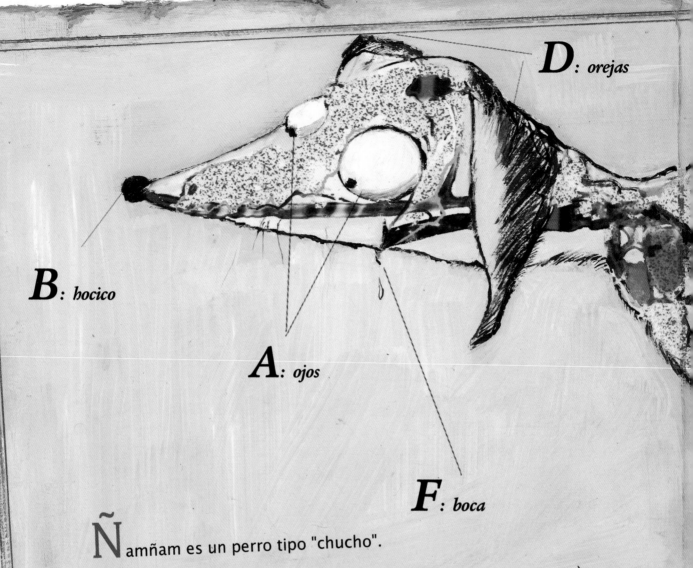

D: orejas

B: hocico

A: ojos

F: boca

Ñamñam es un perro tipo "chucho".

(Chucho: dícese del perro que no es de ninguna raza.)

No tiene raza, pero tiene todo lo demás que necesita un perro:

A *dos ojos:* para mirar dónde está el desayuno.

B *un hocico:* para oler dónde se encuentra el almuerzo.

C *un rabo:* para moverlo cuando huele la comida.

D *dos orejas:* para oír cuando se le quita el papel a la merienda.

E *cuatro patas:* para correr detrás de la cena, y…

F *UNA BOCA: ¡PARA COMÉRSELO TODO!*

Porque Ñamñam siempre,

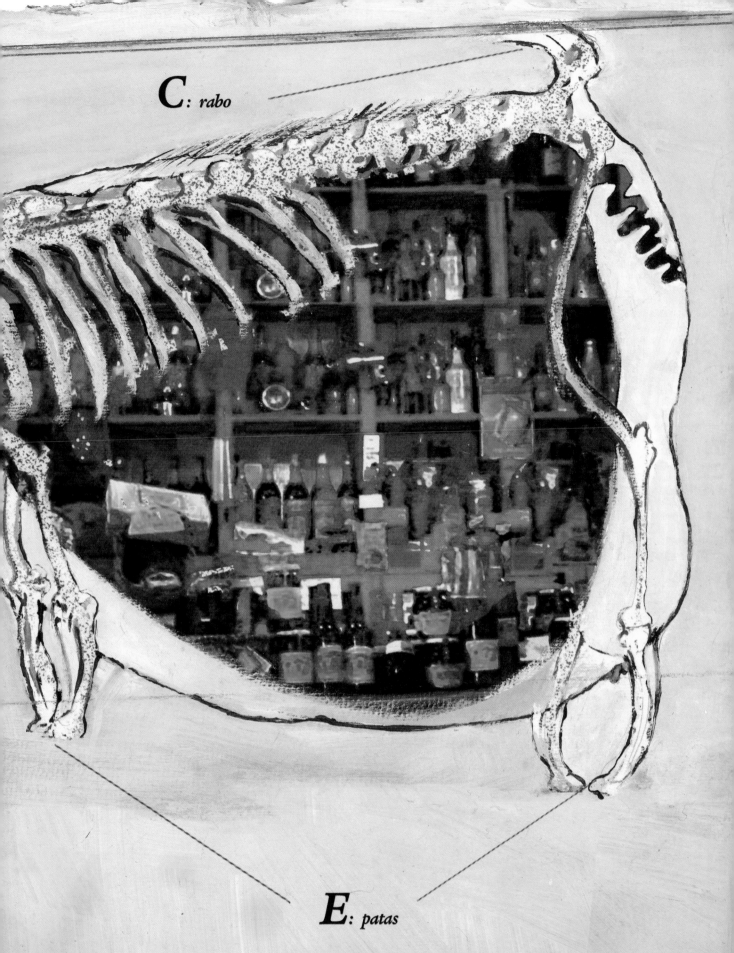

C: *rabo*

E: *patas*

siempre… ¡Tiene hambre!

Antes Ñamñam vivía en la calle y siempre tenía hambre.

Ahora vive con Renata, ella le da de comer y ya no tiene hambre.

Pero Ñamñam es incapaz de resistirse ante un buen bocado:

un chupete olvidado al lado de la cuna,

una mancha de chorizo caída en un disfraz,

un chicle pegado en el suelo

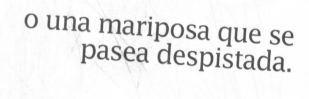

o una mariposa que se pasea despistada.

Renata le regaña cuando le ve comiendo algo del suelo:

—¡Ñamñam! Eso no se come porque bla, ble, bli, blo y blu.

Ñamñam la mira, baja las orejas y pone cara de "yo no fui", pero en cuanto Renata se despista... ¡zas!, se come otra porquería.

Una mañana, Renata y Ñamñam salen a pasear.

Ñamñam levanta la pata junto a un árbol y mientras hace pis, dice:

—¡ESTE UNIVERSO ESTÁ HECHO UNA PORQUERÍA! ¡VENGO A SALVARLO!

Un policía que está en el parque le contesta:

—¡QUÉ RAZÓN TIENE USTED!

Pero se da cuenta de que es un perro el que habla y, del susto,

se queda paralizado como una estatua.

Un chico que pasea por el jardín con cara de preocupado

mira a Ñamñam, piensa dos segundos y dice:

1. —¡Eh, policía! ¡Detenga a ese chucho!
2. El policía sigue paralizado y no responde.
3. El chico grita y va hacia el perro.
4. Ñamñam se enfada por los gritos del chico y ladra.
5. El chico grita más y Ñamñam ladra más.

6 Renata se asusta y huye del parque arrastrando a Ñamñam.

7 El chico la persigue y en la huida tropieza con el policía.

8 El chico cae y el policía se despierta.

9 El policía sale corriendo y deja al chico gritando:

A las 12 de la mañana, el policía llega a su casa y se tira en el sillón.
Su mujer le pregunta qué hace en casa a esas horas.
El policía le cuenta que ha oído hablar a un chucho.
Su mujer le mira, le toca la frente y le pregunta:
—Y… ¿qué ha dicho?

—"¡Este universo está hecho una

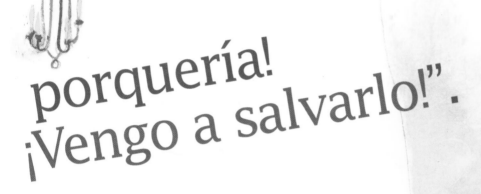

porquería!
¡Vengo a salvarlo!".

—Los perros no hablan. ¡Tú estás majareta!
—Pero yo creo que este chucho —le dice en
secreto el policía—... viene del espacio.

—¡Ah! Siendo así... es otra cosa.

Sin pensárselo dos veces, la mujer agarra
el carrito de la compra, se marcha a la calle
y decide compartir el secreto con todo
el vecindario.

A las 12'30 la mujer del policía llega a la tienda.

Le pide al tendero unas acelgas y algo para hacerle una infusión a su marido.

—¿Qué le pasa? —le pregunta el tendero.

—Creo que tiene fiebre. Ha oído hablar a un chucho que viene del espacio.

—¿Es un marciano? —pregunta intrigado el tendero.

—Eso no lo sé. Pero dice **que viene a salvar el universo.**

El tendero le envuelve las acelgas y unos pepinos para hacer la infusión, y sin decir adiós, se marcha corriendo al mercado para ser el primero en dar la noticia.

A las 2 en punto el tendero está en el mercado contando la historia del perro parlante que

Los del puesto de la carne opinan que el chucho es un extraterrestre.
Los pescaderos creen que es un cruce de laboratorio entre un perro y un loro.
Y los de la frutería, más espirituales, piensan que es un "ángel canino" caído del cielo.

viene a salvar el universo.

Mientras todos discuten, un hombre se pone a hacer fotos y sale corriendo.

A las 3 de la tarde el fotógrafo llega a su periódico, enseña las fotos y cuenta la historia del perro parlanchín.

EL DIRECTOR OPINA QUE
LAS FOTOS SON UNA BIRRIA,
PERO QUE LA HISTORIA DEL
"CHUCHO CÓSMICO" ESTÁ
MUY BIEN Y DECIDE SACAR
UNA EDICIÓN EXTRA.

PARA COMPLETAR LA
INFORMACIÓN HACE
UNA ENTREVISTA A:

una entendida en ángeles y seres alados del espacio,

un médico que estudia
las cuerdas vocales perrunas,

un especialista en ovnis y bichos raros

y la última, a un director de
cine que hace películas
de ciencia–ficción.

A LAS 6 LA TELEVISIÓN EMITE UN PROGRAMA ESPECIAL.

En la pantalla discuten:

Un señor que asegura haber viajado con el chucho espacial hasta la Tierra y como prueba trae una caseta de perro con alas.

Una señora que enseña
la verdadera correa
del perro parlante y
un frasco vacío con
el aliento del chucho.

Y una compañía de teatro que
muestra un espectáculo en el
que actúan las auténticas pulgas
amaestradas del perro espacial.

TODO EL MUNDO HABLA DEL MISMO TEMA.

Los periódicos aseguran que es un extraterrestre.
Aún no se sabe si será pacífico o no.

Las cámaras de televisión recorren los parques
buscando al "chucho parlante" y colocan
el micrófono a cualquier perro que pasea.

Y en Internet se discute si será un ángel,
un marciano o un robot japonés.

¿Monstruo espacial, ángel canino o robot a pilas?

¡Ahora tú también puedes tener opinión!

Escoge un globo, recórtalo y pégalo en tu cabeza.

¡Que todos sepan lo que piensas!

A esa misma hora Renata sale de su casa a pasear con Ñamñam.

Renata no ha visto la televisión ni los periódicos ni nada y en cuanto sale a la calle se encuentra con científicos, periodistas y curiosos que abarrotan su puerta.

Le sacan fotos, la filman y le colocan micrófonos mientras la gente grita:

"¡VIVA EL PERRO MARCIANO!".

Después le piden que entregue a Ñamñam para abrirlo por la mitad y ver lo que tiene dentro.

El perro, sin enterarse a qué viene tanto lío, levanta la pata, hace pis y dice:

está hecho una porquería!
¡Vengo a salvarlo!".

Un periodista le acerca un micrófono y Ñamñam lo huele, lo chupa y se lo come.

–¡CUIDADO! ¡ES UN MARCIANO CANÍBAL! —grita el periodista.

Ñamñam se asusta, se confunde y se come 1 kilo de rabanitos de la bolsa de una señora. Después vuelve a levantar la pata para hacer pis.

–¡QUIERE MATARNOS CON SU RAYO LÁSER!

—grita la señora.

Y todos salen corriendo y se esconden.

Ñamñam, enloquecido por tanto barullo, empieza a dar vueltas en el mismo sitio.

—¡ESTÁ COMO UNA CABRA!
—dice la gente, encantada con el espectáculo.

El perro gira cada vez más rápido y, de repente se frena, arquea el lomo, levanta el rabo y, con cara de alivio, lanza al suelo una, dos y hasta tres boñigas muy gordas.

—¡ESTE UNIVERSO ESTÁ HECHO UNA PORQUERÍA!
¡VENGO A SALVARLO! —dice la caca.

¬¡Mi "Cachis Ranger"!

—grita el mismo niño que
por la mañana perseguía
a Renata; y con un
plástico saca del pastel
marrón un muñeco que
repite la misma cantinela:
"¡Este universo...
etcétera, etcétera...!".

¡ESTE UNIVERSO...
ETCÉTERA, ETCÉTERA...!

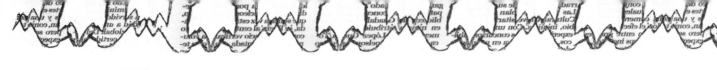

–¿**E**ntonces, este perro...? ¡**Bah!** ¡E<small>S UN</small> <small>VULGAR</small>

—dice la gente y, amenazantes, van hacia Ñamñam.

—¡Atención, compañeros! —grita un periodista que llega sofocado—. ¡El hombrecito verde de un semáforo ha desaparecido!

—¿Dónde? ¿Cuándo? ¿Cómo? ¡Yo lo vi antes! —dice uno.

—¡Tengo que llegar primero! ¡S<small>EGURO QUE LO RAPTARON LOS MARCIANOS</small>! —dice otro.

CHUCHO NO PARLANTE! Nos han engañado

Y dándose codazos y puntapiés, abandonan la casa de Renata.

ENCUENTRAN A UN
MARCIANO PARLANTE
DISFRAZADO DE CHUCHO

Renata, aliviada, levanta una hoja de periódico del suelo para recoger la caca de Ñamñam y allí lee:

"ENCUENTRAN A UN MARCIANO PARLANTE DISFRAZADO DE CHUCHO".

—¡Ñamñam! ¿Has visto lo que pasa? ¡Tienes que aprender a no tragarte cualquier porquería, porque bla, ble, bli, blo y blu!

—PERDÓN —dice Ñamñam…

… pero sólo le oye Renata.

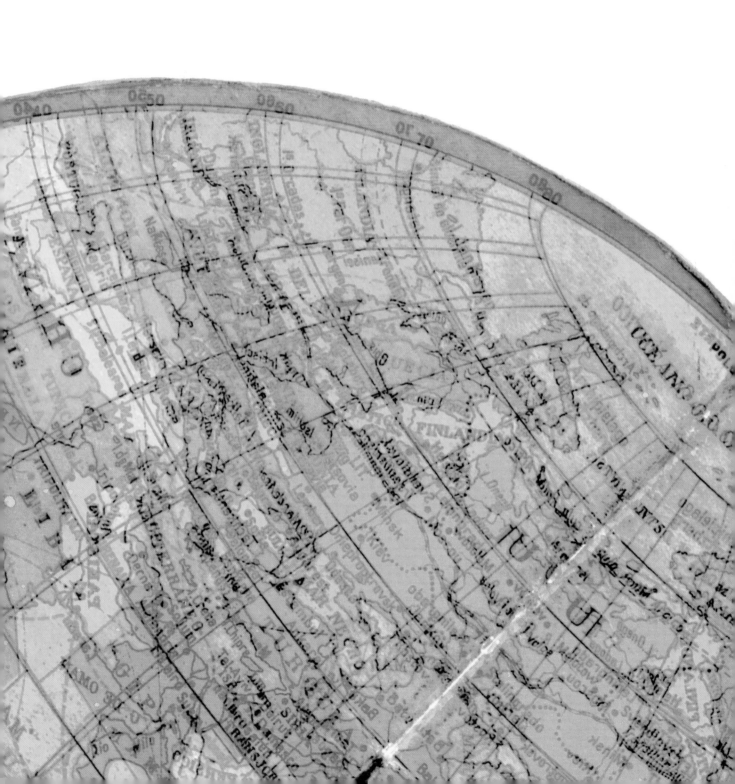

Dirección editorial: Raquel López Varela
Coordinación editorial: Ana María García Alonso
Maquetación: Cristina A. Rejas Manzanera

No está permitida la reproducción total o parcial de este libro,
ni su tratamiento informático, ni la transmisión de ninguna forma
o por cualquier medio, ya sea electrónico, mecánico, por fotocopia,
por registro u otros métodos, sin el permiso previo y por escrito
de los titulares del Copyright. Reservados todos los derechos,
incluido el derecho de venta, alquiler, préstamo o cualquier
otra forma de cesión del uso del ejemplar.

© del texto, Ángeles Jiménez
© de la ilustración, Pablo Prestifilippo
© EDITORIAL EVEREST, S. A.
Carretera León-La Coruña, km. 5 - LEÓN
ISBN: 84-241-7837-6
Depósito Legal: LE. 707-2007

Printed in Spain - Impreso en España
EDITORIAL EVERGRÁFICAS, S. L.
Carretera León-La Coruña, km. 5
LEÓN (España)
www.everest.es
Atención al cliente: 902 123 400